KB076995

내 마음
여기에…

내 마음 여기에…
설미희 시집

초판 인쇄 2024년 01월 25일
초판 발행 2024년 01월 30일

지은이 설미희
펴낸이 신현운
펴낸곳 연인M&B
기 획 여인화
디자인 이희정
마케팅 박한동
홍 보 정연순
등 록 2000년 3월 7일 제2-3037호
주 소 05052 서울특별시 광진구 자양로 56(자양동 680-25) 2층
전 화 (02)455-3987 팩스 (02)3437-5975
홈주소 www.yeoninmb.co.kr
이메일 yeonin7@hanmail.net

값 12,000원

ISBN 978-89-6253-571-6 03810

내 마음
여기에…

설미희 시집

2022구상솟대문학상 수상작 〈친밀한 타인〉 수상시인!

살아간다는 것은 오늘을 채우고 내일을 비우는 것!

연인M&B

개인적으로 이보다 영광스럽고 감사한 일이 어디 있을까 합니다.

구상 선생님 서거 20주년 기념으로 도서출판 연인M&B에서 구상 솟대문학상 수상자 시집을 발간하면서 이 부족한 사람이 첫 수혜자로 선정이 됐습니다.

훌륭한 여러 시인이 많은데, 그분들에게 죄송한 마음도 들고 누가 되지 않도록 시(詩)처럼 고운 마음으로 살겠습니다.

첫 시집입니다.

제가 이렇게 시집을 낸다는 것이 꿈만 같습니다.

많이 부족합니다.

그러나 습작해 놓았던 시를 끄집어내 읽고 또 읽으면서 이제껏 살아왔던 힘이 '글'이었다는 것을 깊이 알게 된 시간을 보냈습니다.

앞으로 남은 생(生)도 글 친구랑 좋은 것 보면서 행복한 글 쓰겠습니다. 감사합니다!

2023년 12월
국립중앙도서관에서
설미희

시인의 말 5

 1부 봄엔 꽃 피고 가을엔 낙엽 지고…

3부 구름 낀 날엔 비 내리고 갠 날엔 무지개 뜨고…

2022구상솟대문학상

1부

봄엔 꽃 피고 가을엔 낙엽 지고…

들꽃

외딴 들녘 이름 없이
홀로 피어도 괜찮다

여린 꽃잎 비바람에
생채기 나도 괜찮다

벌 나비
날아와 주지 않아도 괜찮다

화려한 모습
매혹적인 향기로 시선 끄는
저 너머 양지 이름 있는
꽃이 아니어도 괜찮다

수수한 자태
은은한 향기
알아주는 벗 홀연히 다가와
흩날릴 언젠가를 꿈꾼다

어느 봄날

움트는 작은 꽃망울이 봄바람에 오들오들
떨고 있는 모습이 가여워
그저께 밤에는 눈물이 났습니다

흰색의 봄
노랑의 봄
분홍의 봄이 너무 예뻐서
어젯밤에도 눈물이 났습니다

주체 없이 흔들어 대는
바람이 얄미운 오늘 밤에는
한 잎 한 잎 떨어지는 꽃잎이
아까워 보여서 눈물이 납니다

사과 향기 날리는 날에

여름 이겨 내고
발갛게 물들인 넌
아련한 추억 향기로 영글었고

지난봄
세차게 불던 바람에도
연홍빛 봉우리 열리고 살포시 웃으며
초록 세상 꿈꾸게 하더니

모진 풍파
꿋꿋이 이겨 내고 튼실하게 열매 맺어
향긋한 향에 촉촉이 젖게 한다

봄맞이

복사꽃 흩날리는 뒷동산
양지바른 능선에 앉아
봄바람 살랑살랑
살며시 내민 여린 새싹
쑥 냉이 달래
봄 선물하듯 반갑다 웃네

몇 해 전 소풍 떠난
쑥범벅 좋아하던 그리운 울 엄마
몇 달 전 봄나물 좋아하던 보고픈 벗
한아름 바구니 담아
저 하늘로 보내고 싶네

앵두

질긴 인연으로
힘들었던 기억
어둠을 뒤로한 채
소망의 꿈이 맺히더니
푸른 줄기 싱그러운 5월의 나무
몽우리 희망 열리고

간밤
세찬 비바람에도 견뎌
잎사귀 사이 더 고운 빛 피고
알알이 붉은 열매 튼실히 자라
빠알간 기쁨의 맛 먹게 해 주니
그저 숨죽여 눈감고 감사한 마음

그대와 나

훗날 꽃이 되어
꽃잎 맞대고 같이 있게 하소서
지금은
지금의 삶에 최선 다하여 사랑하며 살다
혼자인 삶이 끝나는 날
그대 만나 작은 터 잡아 나란히 뿌리 내리게 하소서

그대와 나
태어나기 전부터 지은 죄로
지금의 이별이 있나 봅니다
먼 훗날
그대와 나
고운 꽃이 되어 함께 피어나게 하소서

오월의 나무

푸른 그대 모습이 좋아
작은 새 한 마리
잔가지에 살며시 앉아
긴장하며 날았던 날개 접지요

지난밤 잘못 먹은 먹이가 목에 걸려
캑캑거리며 고통스러웠지만
새 아침은 밝아 왔고
살아남기 위해
메마른 주둥이 잎에 대고 이슬 축이며
"고마워요."
저처럼 볼품없는 새 싫다고 털어내지 않았어요

길상사 담장에 영춘화 피었다

담장엔 봄볕 따스했다
삶이 무거워질 때 찾아가
등 기대어 수많은 상념 내려놓으니
눈에 들어오는 것이 노랗기만 하고

사월인데도 찬 서리
밤새 젖은 담 타고
영춘화 더 노란빛 발하며
소임 다하고 있는 그 모습이 안쓰러워
눈감고 서서 나비 되어 살며시 앉아 본다

목련은…

봄마다
같은 나무 같은 가지에서
수줍게 봉우리 맺고 피는
하얀 꽃송이
차가운 바람 그저 허락하듯
상처 난 잎 언제나
할 일 마쳤다고 살살 이별 날리고
먼저 떠나간 보고픈 사람
더 그립게 하는 꽃이여…

아직 오지 않는 봄

메말랐던 겨울나무
무성한 초록 나라 꿈꾸게 했었는데

잠들어 있던 새벽에 찾아와
따뜻한 봄 입김 불어넣고
몰래 가 버렸는지

꽃샘바람에
앙상한 가지 꺾어질 듯 위태위태했었지만
토닥토닥
어제보다 포근해진 봄바람
파릇파릇한 연두색 물오른
내일을 기다리게 하네요

종이꽃

북적거리는 춘천행 기차 타고
말없이 풍경 바라본다

얼마나 시간이 흘렀을까
살며시 무엇인가를 접어
건네는 손

바싹거리는 종이꽃
코에 대 보며 잔잔히 미소 짓고

향기는 낼 수 없으나
시들지 않는 꽃

해바라기

위태위태 곧게
위로위로 올라가던 네가
그만
어쩌지요
희망 품으며 계속 지켜보고 싶었는데
한낮에 퍼부은 속절없는 소낙비
어쩜 이리도 야속한지
꺾어진 줄기 대롱대롱
영글지도 못한 씨 알맹이
곁에 두고파 마음 밭에 뿌렸지요

실미도엔

실미도에는 꽃이 많이 피었더이다
여름꽃
갈꽃
어우러져 자신들의 계절인 양
살랑살랑거리더이다

실미도에는 꽃이 많이 피었더이다
계절 잊은 채 군집 이루어
새아씨 보얀 얼굴처럼 살포시 피어
수줍게 웃더이다

딸기

빨간 치마 초록 저고리 입은 너를 만났다
순간 밀려오는 유혹
너를 감싸고 있는 바코드 숫자에
그만 돌아섰지만
첫눈에 반한 네 모습이 아련아련
어쩔 수 없는 맘에
손안에 넣고 환한 미소 지었다

잰걸음으로 집에 가
네가 상할까 살살
신선하게 보호해 줄 안전한 곳에 넣어 두었다

드디어 너를 맛볼 순간이 왔고
감싸고 있는 비닐 옷 벗겨 흘러내리는 물에
손과 어우러진 여리고 탱탱한 감촉 느끼며
입안 가득 피는 군침

촉촉한 물기 털고
마치 초야 치루는 새색시 맞이하는 것처럼 꽃 접시에 담아
음~~~
향긋한 넌 봄맛이었다

꽃샘추위

시린 겨울 보호해야 할 그댈 두고
아무것 보이지도 않고 잡히지도 않는
그곳
미지의 세계로 떠나가야기에
간밤 너무도 서러워 빈 둥지 품고 몸부림쳤다

한숨 못 자고 부스스 일어나 미련 없이 가겠다고
바람 불고 매서운 날도 있었지만 만개할 봄 그리게 해 줘
그나마 버틸 수 있어서 고마웠다고
안녕 손 흔들었다

잊음도 새로운 계절 앞에선 죄 없음인 것을…

하얀 연꽃

너의 모습은
겹겹 펼쳐진 선녀 나래 옷

탁한 시선 어디에 둬야 할지
괜스레 연두 이파리 보고
너의 청아한 아름다움에
죄 많은 이 마음도
앗아가 깨끗이 씻어 주는 것 같아

오늘도
뚜벅뚜벅
널 보러 간다

등 뒤 사랑

비 내린 하늘처럼 살고 싶다

불완전한 몸으로
잘 살고 있다며
웃음으로 견뎌 온 날들 앞에
한 번씩 무너지기도 했지만

보이지 않게 힘이 되어 주는 분들
그들의 기도와 위안 생각하며
아직 남아 있는 시간도
꽃길 봄나들이 가듯 그렇게 맑게

지난날의 흔적

남쪽엔
새봄이 피었다고 아랑아랑 소식 전해지고

기차도 타고 싶고
바다 보이는 카페에 앉아
하염없이 시간도 보내고 싶고

그러나
이젠 반겨 줄 벗 없으니
꽁꽁 동여맨 가슴
그렁그렁 흔적에 갇혀
하얀 그리움만 새긴다

인연 꽃

그대
어제는 추억 생각나
밤거리 걸었다고
아침 일찍 문자 했습니다

잘 지내는지
아픈 곳은 없는지
그런 그대 잊었다고 생각했습니다

지금은
그때 그 시절이 아니지만
유월의 싱그러운 세상이 열리면
문득문득 생각이 나고
괜스레 휴대폰만 만지작거렸습니다

이제 그대는
신기루처럼 가슴 한 켜 피어 있는 꽃입니다

꿈

연꽃이 되고 싶습니다
탁한 웅덩이 속에서도 영롱한 빛 벌하며
꼿꼿이 피고 싶습니다

풍파가 불어도 괜찮습니다
해충이 날아와 생채기가 나도 괜찮습니다
배려 없는 인연들이 송두리째 꺾어 가도 괜찮습니다

피고 지고
또다시 피어난다는 것을
이젠 알기에 하나도 두렵지 않고
끝없이 기다리며 순백의 꿈을 꿀 수 있습니다

소꿉놀이

예닐곱 섬 꼬마
우물가에서 조개껍데기에
꿈을 담아 소꿉놀이한다

언니 오빠 학교에 가고
엄만 장날이라 톳나물 팔러
장에 가고 없다

재 너머 사는 아가 밴
새댁 물동이 이고
광주리 엎어 놓은 것 같은 배
쑥 내밀며 한 손은 물동이 잡고
한 손은 허리 받치고 가는 모습이
신기해 보였던지 우물가 맴돌며 까르륵 웃는다

장날이라
물 뜨러 오는 사람이 없다

섬 꼬마 소꿉장난한다
텃밭에서 노란 배추로 꽃밥 짓고
도랑 미나리 꺾어 파란 반찬 만들고
조개껍데기에 담아 진수성찬 차려 놓는다

이건 … 햇님 거
이건 … 달님 거
이건 … 별님 거

연꽃

겹겹 포개진 인연
세파에 시든 무거운 삶도
다 떨군 영롱한 빛

널 닮아
태초의 순결로 다시 피어나
붉은 순정 그리며 나래 펼치고
그렇게 살고 싶다

8월엔

8월에
꽃으로 피고 싶습니다
푸르른 들에 핀 들꽃으로

아무도 모르게 한 곳
하늘만을 바라보며
청초하게 피어
이제나
저제나
한여름 폭염 그늘 만들어 준 아름드리나무는 알겠지요

8월에
이름 있는 꽃으로 피어
싱그러운 향기 날리며 행복해질 것입니다

오는 8월엔

바람

사는 동안 하고픈 것은
여행 다니며 길가에 꽃씨 뿌리고 싶습니다

그 꽃이 영글어 피어나고
아무도 쳐다봐 주지 않고
이름 불러 주지 않으며
살며시 찾아가 고운 이름 지어 주고 싶습니다

그리고 말하고 싶습니다

좀 비약하게 핀 네 모습이지만
홀로 모진 풍파 이겨 내고 핀 그 자체만으로도
훌륭하다고

때론 외롭고 찬 서리에 시린 밤도 보냈겠지만
그래도 한 번은 피어 봤으니
얼마나 감사하고 참 다행이라고 위안받고 싶습니다

바위틈에도

여린 새순이 돋아나고 있었습니다
좁은 틈을 피해
한 가닥 햇빛 받아 작은 꽃망울이라도 맺고 싶었습니다

하늘이 어두워졌습니다
천둥 번개와 함께 우박이 쏟아졌습니다
하지만 파랗게 돋아나는 잎은 버텨 냈습니다

오늘은 그렇게 세차게 불었던 바람도 잔잔해지고
찬란한 해가 떴습니다

꽃망울은 그만의 고운 빛과 향기 품은 꽃을 피우기 위해
하늘 향해 살포시 머리를 듭니다

꽃

내 눈엔
너만 보인다

찬란한 빛
어쩜 이리도 고운지

마음에 쌓인 세월의
굴곡이 네 모습 있는
그대로 볼 수 있어서 그런가

아무러면 어때

이 밤이 지나 내일 아침이면
몽글몽글 활짝 핀

널 만날 생각에 설레며 눈 감는다

봄비

꽃이
피기까지
나무는 나뭇가지는
바람도
하늘도 모르게
얼마나 많은 눈물 흘렸을까

봄비 내리는 날
시련 이겨 낸 꽃망울
톡톡톡 터지는 속삭임

꽃비

이른 아침
차가운 봄비 맞고 있는 널
먼발치에서 봤습니다

왜 그렇게 가여운 마음 들었는지
왈칵 눈물이 쏟아졌습니다

겨울 힘겹게 버티며
여린 꽃잎 피어 났더니

한순간 떨어져 버리는 운명이
어쩜 그리도 야속한지

어쩌겠니
애써 붙잡지 말고 순응해야지

꽃 그렇게 피어 있었다

외진 곳
가냘프게 홀로 핀 널 보았어요
그땐 아무 생각 없이 지나갔어요
몇 걸음 더 가
군집 이루며 탐스럽게 핀
너와 같은 꽃을 보았어요
걸음 멈추고 돌아보았어요
스쳐 지나가야 할 너인지
마음에 옮겨 심어야 할 너인지
선뜻 나서지 못했어요
그리고
그다음 날 세찬 비바람이 불었고
또 그다음 날 널 보러 갔어요
넌 야윈 줄기로 이슬 그리움 품고
수줍게 활짝 피어 있었어요

코스모스

정말 반가웠다
언덕 위
순백의 그리움 품고 피어
살짝 토라질 듯 갈바람에 살랑거리는
가녀린 매력에 빠져
가파른 길도 마다 않고
더 가까이 다가가
하얗게 안겨 보았다
안녕

단풍나무

모진 비바람
묵묵히 받아 흘리고
뜨거웠던 그리움까지
하얗게 태운 가슴으로
한 잎
한 잎
미련 없이 떨구는 모습이
시리도록 어여뻐
붉게 붉게
눈물 맺힌다

가을 편지

기다리는 소식은
언제나 올지
또 하루가 저물고
석양이 짙게 내린 하늘 보며
괜스레 일렁이는 마음

당신 잘 있는지

그리움은
가을 낙조의
가슴 시림을 닮았는지

어느덧
빛바랜 추억으로 남아
그때
다 전하지 못한 마음
한 글자 한 글자
적어 보아요

가을비 그리고 은행

비가 내린다
뚝 뚝 뚝
찬바람 품고 시리게 온다

은행잎 태양만 바라보며 노랗게 꿈꾸더니
어느새
잉태되어 사랑의 열매 맺었고
가을비 내리는 날
세월 덧없음을 알고
노란 그리움 날리며
낙하한다

10월의 단풍

고이고이
물든 모습 예뻐
그렁그렁 눈물 맺히고

지난여름
그 뜨거웠던 아픔마저
깊이 삼켜

어느새
미련 없이 떨구는 잎새
시리도록 어여쁘다

가을비

가을 거리
비는 내리고
호젓이 우산도 없이
서로 어깨 맞대어 걷고 있다

비는 점점 세차게 내리고
노란 가을 잎도 속절없이 날리고

앙상한 맨몸 드러낸
비 젖은 은행나무 가지

비 내리는 가을 거리는
이별의 거리인지
뒷모습 보이며 걷는 어깨 위로
쓸쓸함이 내려앉는다

가을 친구

저 힘들어요
친구 돼 주실래요
마음의 벗
변하지 않는 벗
용기 북돋아 주는 벗
부족함도 곱게 봐 주는 벗
영원한 제 편
낙엽 내려앉은 벤치에 앉아
많은 이야기하지 않고
옆에만 앉아 있어도
위로가 되는 그런 벗 돼 주세요

이 가을 다 가기 전에

낙엽

떨어지는구나
떨어지는구나
사랑했었던 추억도 뒤로한 채
미련 없이

네
붉은빛
붉은 마음
온전히 취해 맘 홀리게 하더니
간다는 말 대신 붉은 이별 날리며
아리게 가는구나

가지 말라고
좀 더 머물러 달라고
바람결에 붙잡고 애원해 봤지만

이미
저만치 떠나 버리고
한 잎
두 잎
낙엽 되어 미련만 쌓이고

떠나는 가을

오색 빛 화려했던
그 순간을 잊은 채
미련도 없이 떨어지는 낙엽

그 아름다움에 온전히 취해
아질아질 마음 흐려 놓더니
간다는 말 대신
찬바람 날리며 뒤 한 번 보지 않고
떠나는 네가 얄밉다

가을 향기

그때
그 가을바람에 실려 왔던
그 향기 다시 맡아 볼 수는 없겠지만

오늘따라 살갑게 부는 바람에 머뭇댐은
아직 잊지 못한 것이겠지

상수리 열매 뚝뚝뚝 떨어지고
잎새는 갈 곳 몰라 흔들려도
행여 이 모자른 삶에
애틋한 추억 하나 없었다면
참으로 서글픈 인생이었겠지

향기 날리는 가을
더할 나위 없이 감사했노라고
영과 육이 분리됐다는 소식에 눈 감아 봅니다

2부

바다는 깊을수록 품어 주고
하늘은 높을수록 꿈꾸고…

거북이

빠르지 않아
눈물이 나는 것이 아니었다
지금 있는 이 자리도
힘겹게 여기 와 있는 것이며
거북이답게 살아온 것이 아닌가

어쩌겠는가

바람도 하늘도 모르게
얼마나 많은 눈물을 흘렸던가

시련 내리는 밤
짧은 목 내밀며
또다시
툴툴 털고 기어 보자

엉금엉금
마지막 그날까지

진주

목놓아
울 수 없었다
딱딱한 껍질 속
생살을 파고드는 눈물
특별한 은총으로 잉태되는
숙명을 품어야만 했다

난 작은 물고기 넌 바닷속 해초

난 작은 물고기
푸른 바다 푸르른 꿈꾸며
자유롭게 헤엄치고

넌 바닷속 해초
물결 따라 묵묵히
머문 그 자리를 지키고

어느 날
태풍 불고 바다도 뒤집히고
작은 물고기 외톨이 되어
해초 네게로 숨었고

볼품없고 상처투성인
작은 물고기 밀어내지 않고
외로움도 친구로 받아들이는
그 인내를 알게 해 준
넌 평온한 안식처

여름 밤바다

불나방처럼 뜨거워진 가슴 삭히러
어둠 등에 지고 밤바다에 간다

일렁이는 하얀 물거품
낮 동안 오염된 상념들의
토악질인가

얇디 얇은 실루엣 걸친
恨 많은 여인네의
울음소리인가

밤바다의 파도는 안다고
계속 철석거린다

코에 닿는 비리한 시린 마음을

해야! 해야!

어제도 오늘도 하늘이 맑지 않아요
늘 이렇게 먹구름으로 가려진 하늘이라면
슬플 것 같아요

어느
이른 봄
작은 화분에 씨 뿌려진 해바라기
광합성 작용은 꿈도 못 꾸고
물만 먹어 잎꼭지가 무거운지
아래로 아래로 가는 줄기 축 늘어져 있어요

어쩌지요
눈길이 자꾸 가네요

태양이 어디서 무엇을 하는지
바쁜 일 마치고 어서 와
우리 해바라기 하늘 향해
곧게 꿈꿀 수 있게 오면 좋겠어요

등대

여전히 그 자리에서
뜨겁게 수평선 바라보며
하늘과 맞닿을 줄 알고
긴 기다림조차 삼켰었는데

저 푸른 바다의 깊이만큼
애통한 세월을 버티며
기억 속 꼿꼿이 살아 계신
아버지처럼…

폭포

하얀 꿈꾸고 싶어
당신을 만나러 오늘도 갔습니다

쏟아 내리는 당신의 웅장한 멜로디가
허한 마음을 달래 주거든요

당신의 호수 같은 넓은 마음에
작은 꽃잎 하나 떠 있었습니다

초록빛 당신의 품속에서
유유히 헤엄치는 그 꽃잎이 너무도 안쓰러워 보였습니다

여전히 당신은 쏟아졌습니다

여린 꽃잎이 그 물살에 상처 날까 봐
당신은 자꾸만 자꾸만 가로 밀어내었습니다

당신은 알까요

끝없이 내려붓는 물줄기의 아픔도
불사르고 당신 가까이 가고 싶은 마음을…

바다여… 파도여…

다들 외로운 삶
사랑에 목말라
관심받고 싶어
울부짖는 가련한 이들

가 버린 세월도 미련 버리지 못하고
뒤돌아 내주기 싫어 매섭게 굴고
아직 오지 않은 세월엔 뜨거운 열정으로 안달이 났고

그 파도 소리 그 바다는
그 자리 여전 그대로인데

세상 힘든 사람들 모여
산다는 것이 다 이런 것인가
파도치는 바다 수면 위로 숨 토해 내고
다 비운 인생 포근한 물결 일으켜 푸르른 손길로 위로해
주고

그런데
바다여… 파도여…
너 외로울 때 어디에서 위로받니

그 섬^(島)에 가고 싶다

바다와 하늘이 맞닿은 곳
통통배를 타고 물보라를 일으키며
살았던 그곳

어머니는
따가운 가을 햇살 맞으며
부둣가에 앉아 구멍 난
삶 엮느라 여념이 없고

배곯은 어린 자식은
풀피리 불며
구름 둥실 떠 있는
하늘 위 동그란
뭉게구름 보며
입맛 한 번 다시며 웃고

등대가 있던
어릴 적 뛰어놀았던
그곳
그 섬^(島)에 가고 싶다

소라 집

그녀는 한 마리 우렁이
바싹거리는 몸
황폐해진 맘
움켜쥐고 굽이굽이 돌아
빈 껍데기 소라 찾아가는
눈물겨운 귀환

포말

파란 비단길이라
하얀 너울만
크게 그리면서
바람 따라가다 보면
닿을 줄 알았는데

발아래
손끝에
애만 태우고
산산이 부서지는

그리운 바다

나 지금 바다에 가리
시퍼런 삶 가슴에 품고
벗 삼아 한잔하러 가리

바다는
파도치며 오장육보 헤집고
붉게 노을 되어 뜨겁게 태우는데

바다에 취하고
칼바람에 어리어
현실 잊고 한 마리 갈매기 되어
저 멀리 날아가리

노을

하늘과 맞닿은 바다
시선이 멈추는 그 너머까지
붙잡고 싶은 애절한 마음

목줄을 타고 출렁거리는 아쉬움
산다는 것이 그런 것이라고
스스로 다독거리며 휘감는 외로움

붉은 두 볼 감싸고
하염없이
하염없이

넘어가는 순간

갈매기

갈매기는 바닷속 먹잇감을 잡아먹지 않았다
날개 펼치고 목청 높여 울어 댔다
해풍은 육지 바람보다 강하다는 걸
파도 가르며 속력 높인 유람선 난간 잡은
사람들의 휘청거리는 몸 그리고 흩날리는 머릿결에서 알 수
있었다

바다는 출렁거리는 파도가 숨 쉬고
유람선 주위 맴도는 수백 마리의 부리
비린 바다가 아닌 조미 첨가된 먹이 낚아채는
펄럭거림에는 살아남겠다는 강한 생명이 부옇게 덮고 있었다

하늘에는 갈매기만이 날지 않았다
찌든 욕심 비우는 먹이도 함께 날고 있었다
유람선은 서서히 바닷길 유턴하고 선체에 서 있던
사람들도 바닷바람 피해 선체로 밀어냈었다

이젠 하늘엔 날아다니는 먹이는 없었다
갈매기는 선착장 목적지를 향해 높이 날았다
단맛 꿈꾸며

코알라

초롱초롱 동그란 두 눈
미지의 세계 꿈꾸는지
그 눈동자 안에는
초록 유칼립투스가 자라고 있다

느릿느릿 앙증스러운 몸짓으로 잠에서 깨어
응앙응앙 어미 품으로 파고드는 코알라
토닥토닥 등 쓰다듬으니
어느새 이리 자랐나 싶고
튼실한 어미가 아니라서
좋은 먹잇감도 찾아 주지 못해 미안한데
어미 품에 안기어 싱그러운 아침 햇살 받고 눈떴다

어미의 향기가 묻어 있는 코알라는
어미의 보배요 꿈이요

오늘도
코알라는 유칼리 숲으로 나무 타기 위해 홀로 길을 나섰다

벌새

퍼드덕 퍼드덕
날갯짓한다

날아올라야 한다
푸른 창공 향하여

가는 주둥이로
꽃의 꿀을 빨고
다른 곤충과 맞서면
끝까지 생존해야 한다

몇천 번 날개 퍼덕거리며
힘차게

안개

뿌옇게 펼쳐진 세상
온통 신비감에 싸여
환상에 젖게 하더니

그 속에도
봄에는 고운 세상 꿈꾸며 꽃 한 송이 심었고
여름에는 쪽빛 바다 그리며 푸른 희망 품었고
가을에는 알록달록 오색 빛 단풍 세상 열렸고
어느새 안개 걷히고 따뜻한 겨울 꿈꾸게 하는
죄 없는 세월

사슴벌레

뭔가의 울림이 있다
고통의 신음 소리가 들린다

유충의 쭈글쭈글한 껍질 벗고
새로운 삶 살기 위한 몸부림이

온몸 광택 발하는 흑색
성충 되기 위한 마지막
이 긴 어둠의 시간

푸드덕
첫 날갯짓을 한다

수병
―천안함의 용사들이여

바다는 깊어서 그들의 절규를 듣지 못했다
어둠을 타고 백령도 물결을 가르며
선체의 두 동강은 이승과 저승의 갈래길을 만들었다

살아서 귀환해야지…

내 조국
내 어머니
통곡 소리가 삼월의 아린 바다보다
더 서럽게 들렸다

허파로 숨쉬기가 점점 힘들어지고
마지막까지 사랑하는 가족을 붙잡고
조국의 명령을 지켰다

거친 물살에 발버둥쳤지만
찢겨진 선체는 바다로 바다로 내려앉고
용사들의 눈에는 파란 눈물만이 흘렀다

소용돌이쳤던 울음소리마저 잠잠해지고
용사들의 겨드랑에선 지느러미가 돋아나고
바다로 탈출하고 더 이상 울지 않았다

졸업

아름드리 듬직하게 자란 아들아
졸업 축하한다

해맑게 운동장 뛰며
꿈을 꿔야 하는데
이 어미의 운명으로
네 삶까지 아픔 주었으니
미안하다

넌
그래도 어느 곳을 가듯
푸른 소나무처럼 푸르렀지

고맙다

나름 어두운 터널 잘 헤쳐 나올 거라 믿는다

개미의 사랑

작은 몸
어느 곳에서
생겨난 사랑일까

제 몸
수십 배나 되는
그리움 짊어지고
가파른 언덕 올라
어디를 가는지 그냥 그렇게 간다

그냥 그렇게 가다
그 큰 그리움 힘에 버거운지
파르르
사지가 휘청거리며
잠시 주저앉아 쉬었다 간다

먼길
호올로
까만 두 눈 반짝이며
끝없이 끝없이 간다

도마뱀

배고프다
그제도 어제도
모래바람 일으키며 비가 내리고
웅크리고 있던 등 펴 두리번거리며 일어나
짧은 다리 빠르게 옮겨 뱃속 채울 곳을 찾아간다

눅눅한 냄새 풍기며 북적거리는 도심 거리
지나가던 뭇사람들
도마뱀이다 소리 삼키며 슬슬 피해 간다

도마뱀은 눈 더 부라리며 휘적휘적
꼬리 자르며 잽싸게 숨을 곳 찾아간다

서랍 정리

억지스럽게 넣어 두었던
얄궂은 추억

내 것이 아닌데
내 거 만들겠다고
쌓아 두었던 감정

몽땅 쓰레기통에 버렸어요

말뚝

지루한 생이다
한 곳 붙박인
평생 벗어날 수 없는 울분
어느 누가 깊숙이도 박았는지

찾아드는 것은 새들 뿐
주둥이에 붙은 온갖 찌꺼기
비비며 털어 내고
잠시 쉬어 가는 자리

곧
나아갈 인연이지만
그래도 감사하다며
외발로 우뚝 서 있는 당당한 자태

밧줄

씨줄 날줄
겹겹이 엉킨 聯⁽연⁾
끊지 못하고

뱀처럼 똬리 틀고 앉아
시간의 공존에
얼룩진 굴레

하나
하나 푼다

괜찮아

당신은 나의 기쁨입니다

당신은 나의 기쁨입니다
어디를 가든
어떠한 일을 하든
항상 가슴에서 함께합니다

당신은 나의 기쁨입니다
어둠이 물려가는 새벽
이슬 타고 내려와
여린 잎 적시며 영롱한 빛으로
미래를 꿈꾸게 합니다

당신은 나의 기쁨입니다
아무리 힘든 고난이 닥쳐도
당신만 생각하면 이겨 낼 수 있는
희망이 생깁니다

당신은 나만의 꽃
곱게 피어 환하게 미소 짓게 합니다

3부

구름 낀 날엔 비 내리고
갠 날엔 무지개 뜨고…

친밀한 타인

눈을 떴다
온 우주에 손가락 하나
까닥할 수 없는
몸만 둥둥 떠 있다
유일하게 감각이 살아 있는
이 잔인한 귀도 눈을 뜬다

지금은
남의 손이 아니면
소변조차도 뽑아낼 수 없는 몸뚱아리

알람 소리에
감정 없는 기계적인 메마른 손길이
아랫도리에 관을 꽂는다

바우처 카드 720시간
늙은 여자가
친절하게 바코드를 찍는다

연명을 위해
얼마의 돈이 필요해서
소변 줄을 꽂아 주고 있을까

집 안 가득
소변 줄을 타고
아직 살아 있다는
존재의 냄새가 난다

* 2022구상솟대문학상 수상작.

선물 같은 사람아

세상 앞에 무릎 꿇어야 했고
한없이 작아져야 했을 때
위로가 되어 준 사람

무엇 하나라도 나누며 살고
누구에게나 선뜻 손 내미는
따뜻한 마음으로 다가온 사람

너는 언제나 그곳에서
선물처럼 있는데
가녀린 나는
네게로 가는 길이
왜 이리 가파르고 멀기만 하니

웃는 삐에로

눈물이
날 때가 있어

사람들 속에서
웃으며 웃을수록
가슴에 애잔함이 차고

겹겹이 덧바른
얼굴 아닌 얼굴
상처가 깊어진
슬픔을 감추는겠지

산다는 것은
슬픔에서 흘러나오는
웃음인 거야

어느 하루

바람 따라나선 길이 뒤뚱거린다
삶은 언제나 가파른 경사 앞에
불안하게 멈추고
떠밀려 올라온 카페 안

흐린 하늘이
창 안으로 따라 들어와
마음을 적시는데

살아온 세월에
남은 생애가 섞여
설움 가득 흔들리는 찻잔

살아간다는 것은
미련에 잡히지 않고
운명에 순종하는 것이나라

툭 건들면 금방이라도
울어 버릴 하늘
파르르 떨리는 손으로 한 모금
그제서야 쏟아지는
야속한 비

삶 그리고 고픈 인생이지만

삶을 먹는다
아침 눈 떠
커튼 사이로 헤집고 들어오는
햇살에 허기진 하루를 시작한다

배가 고프다
언제나 그랬다
먹어도 먹어도 고팠다

이 텅 빈 속을 무엇으로 채울까
노력해도 안 되는 일이 있다
사랑과 사랑은
용서와 용서는
서로가 한마음이 돼야 한다

세월 앞세우고 기다린다고
변하는 것은 하나도 없다
근본적으로 타고난 인성
그 안에서 벗어날 생각조차 없는데
그래도 용서해야겠지
나 살아가기 위해

情

이젠
사랑도 남지 않았습니다
믿음도 남지 않았습니다
질투도 남지 않았습니다
관심도 남지 않았습니다
미련도 남지 않았습니다
그런데
이 얄궂은 미운 정은
가슴 후비며 퍼런 멍을 만듭니다

人花

옥색 치마
흰 블라우스
잘록 허리 감싼 분홍 가디건

싱그러운 자태
도심 속 수줍게 핀 꽃

가슴 팔랑팔랑
봄바람에 수줍게 웃는 미소

봄은
사람 꽃을 피우며
살며시 오나 보아요

幻影^(환영)

바람이 불어요
비도 내리고 있어요

어둠이 밝은 날을 몰아내어요

힘없이 길모퉁이 돌아
집으로 가는 길에 그림자를 보았어요
간들간들 흐릿하게 보이는 저 모습은

향기가 나요
예전 맡았던 그 향기가
저 멀리서 바람을 타고 와요

어둠이 짙고
그림자가 가까워질 즈음
비바람에 한들거리는 아카시아

壁(벽)

마음이 밖을 향한다
그러지 말라고
타일러 보기도 하고
질책도 해 보지만 소용없다

왜
만남은 끝내는
헤어짐이란 트라우마가 있는지
순수한 마음으로 다가오는데도
벽만 치고 있으니

나란히 거릴 걸어도
서점에서 책을 보아도
因緣(인연) 엉켜 줄기 따라 올라갈 수 없는 운명

사랑

열병 앓이를 한다
주어도 주어도
아깝지 않은 그런 사랑을

단 한순간도
내려놓은 적 없었다

세상이 무너질 그런 날에도
힘이 되고
날 의지하며
오늘 하루 살아가는 넌
나의 분신

변하지 않는 것

바다에 가면
파도 일렁이겠지

산에 가면
시원한 바람 불겠지

들에 가면
쑥쑥 자라는 풀도 반갑다고 하겠지

하늘 보면
힘들어도 살아 보라고 응원해 주겠지

난로

연통 속
붉은 그리움이
온기를 토한다

뜨겁게 달구어진
못다 핀 열꽃
흑색 갈탄 속으로 파고든다
매서운 겨울바람은 뼛속까지 아리게 오늘도 인다

서리 내리고 하얀 연기 날리며
오랫동안 열병 태우고
한 줌의 재로 사라지는 꿈일지라도
행복했노라 고백한다

절집 인연

바람이 차가운 날이었다
어둠 내린 깊은 산속
어느 절 요사채에서는
무릎 꿇고 앉아 머물다 가는 인연
보글보글 끓어오르는 하얀 온기를 바라보고 있었다

조용한 도량에서는 나무의 이야기가 들렸다
"저 방에 어떤 사연을 안은 사람들이 왔대."
처마에 매달린 풍경도 소곤거렸다
"쉿! 오늘 밤은 그저 지켜만 보자고."
가만히 가만히
침묵 흐르는 밤은 흘러만 갔다

다도 찻잔에 푸르른 설움 일렁거리며
뜨거운 여정 이겨 낸 들꽃 차의 향기가
콧등을 타고 찬찬히 마음과 마음으로 전해졌다

마흔둘 촛불 밝히며

눈처럼 하얀 세상이 열렸다
작은 동그란 공간 위로 살아온
삶의 흔적을 따라 발자국을 찍어 보았다
선홍색 체리의 빛깔처럼 엄마의 따뜻한 품속
동백꽃 철없는 웃음으로 잔잔한 물결
돛단배 타고 유유자적 십 년을 살았다

그리고 또 십 년의 발자국을 노랗게 내딛어 보았다
햇빛 받으며 탱탱하게 영글어 가는 감귤처럼
새콤달콤한 맛 발산하며 미래를 꿈꾸어 보았지만
주어진 현실은 무채색 발자국
이어 찾아온 사랑
주어지는 대로 자족했으나 그 역시 가슴에 퍼런
멍 자국 남기며 꺼질 듯 말 듯 위태로운
촛불 하얗게 태웠다
그렇게 시간을 보내고 받아들이게 된 삶
그것은 어쩔 수 없는 숙명이었다

카페에서

넓은 창을 사이에 두고
빛과 어둠이 갈리고
아련한 커피향 같은
만남과 이별이 있고

살아남기 위해 흘렸던 눈물과
살아가기 위해 태웠던 열정이
그리운 시간이 있고

식어 버린 찻잔이
덩그러니 창밖을 보고 있고

구름 편지

살아생전에
다 말하지 못한 그리움
뭉게 뭉게
하얀 구름 되어
시린 하늘에 전합니다

엄마
떠나고 나니
너무 보고 싶습니다

산다는 것

마음 아프다
몸도 아프다
세상은 노력해도 안 되는 일이 있다
사람과 사람 사이에는
용서와 용서 사이에는
서로가 사랑하며 인내해야 하는데

같은 밥을 먹으며 오랜 시간 산 사람들
그 안에 헤집고 들어가 살아 보기 위해 발버둥 쳤지만
뿌리조차 못 내리고 떠나야만 했던 선택
그 선택을 결코 후회하지 않을 것이다
그리고 다시 영에서 시작해 새롭게 살아 볼 것이다
먼 훗날 떠나는 그 길 위에서
애썼노라며 토닥토닥 위로하며 행복하게 눈 감을 것이다

하얀 그리움

부드러운 언어가 듣고 싶습니다
빈 가슴에 새롭게 채우고 싶습니다
버거운 삶 끄트머리에서
만난 인연과 차 한잔하며
"겨울은 또 이렇게 가나 보아요."
평범한 일상의 대화를 나누고 싶습니다
몰랐습니다
장애가 이렇게도 고달픈 멍에인지
하고픈 말 많으나 하얀 그리움으로
남겨 놓습니다

거울 여인

방 한구석 낯선 모습 비친 거울이 있다
눈앞 흐려지고 무슨 소식 기다리는지
바짝 마른 입술 꾹 다물고 마른침 삼키고
어느새 네 번의 계절이 바뀌었는데도
뒤엉킨 인생 거울 안에서 나오지도 못하고
또 묵묵히 살아가야겠지
저 차가운 거울 여인에게도
붉은 심장이 있고
대화 나눌 수 있는 따듯한 입술 있는데
이제 곧 올 것이다
봄도 오고 예쁜 꽃도 피는 날

사랑의 온도

마이너스 된 기온계 숫자가 내려간다
빨간 선 사랑의 온도는 올라가는데
햇살은
푸른 그리움 가득 담고 찬란하게 내리고
기온계의 영의 기점으로
시린 겨울 이야기가 끝이 나면
봄 찾아와 아지랑이 피며 몽글몽글 웃겠지
드디어
기온계는 플러스

기다림

오늘도
네가 안 오나 보다
그제부터 온다고
기대감만 품게 해 놓고선
어이해
소식이 없는지
점점
뽀로통해진 얼굴 위로
주룩주룩
그리움만 내린다

살아 있음에 詩를 쓴다

아무리
아무리
낱글자 꿰어 보지만
줄줄 이어지지 않는 단어

무슨 고집인지
밤새 끄적이며
애잔했었던 그리움을 쓸까
아쉬웠었던 이별을 쓸까
영글지 못했던 풋사랑을 쓸까

붉은 불빛과 어두운 창밖
사이에서 연신 도리질만
이내 까만 줄 그어 버리는 의식

두 눈으로 마주 보며

당신의 두 눈이 그립습니다
당신의 까만 눈동자 안에
내 모습이 새겨져
내 눈에 감사의 눈물이 일렁입니다

말하지 않아도
다 안다는 듯
그런 당신과 눈이 마주치면
가슴이 아려 옵니다

그리고
당신을 향한 내 마음을
어떻게 표현해야 할지 몰라
그저 눈을 감습니다

어쩌지요
당신의 두 눈이
너무도 보고 싶습니다

날 좋아하는지
당신의 눈 속에 그려진
내 모습이 행복한지 알고 싶습니다

남겨진 사랑

누가 알까 봐
비밀스럽게
초록 꿈을 꾸며
봄여름갈을 보냈다
그리고
하얀 겨울
넌 차가운 눈길을 걸으며 떠나갔다

이젠
바람만이 아는 그 추억이
날아가 버릴까 봐
가슴 깊숙한 곳에 숨겨 두었다

그럼에도

운명은 이미 정해져 있었다
태어나기 전부터
아무리 떨쳐 버리기 위해 발버둥 쳤지만
여전히 그 자라에
떡하니 자리를 잡고 있었다

예순이 가까운 나이에 비로소 알았다
운명은 피하는 것이 아니라
벗처럼 같이 가야 하는 삶이란 것을

귀하고 새로운 아침이 밝았다
이젠 눈 뜨면 햇살에 위안을 받고
감미로운 음악에 행복을 느낀다

운명과 함께

古木

도심
고목 한 그루
풍파에 곧게 자라지 못하고
구불구불 휘어져 그늘진
한 모퉁이에 서 있네

춥고 어두운 밤 지나고
고목 한길 가까운 곳
벚꽃 나무 화사한 봄단장에
하늘도 반해 청명하고
고운 빛 더 발하며 꽃잎 살랑거리네

어느 봄날
예기치 않은 비바람에 벚꽃 다 떨어지고
고목같이 연둣빛 물오른 잎만 무성하게 남았네
그제서야 분홍의 화사함이 영원할 것이라며 교태를 부렸던
벚꽃 그 마음
꽃 떨어지면 결국 같은 나무인 것을

아픈 사랑은 이제 안녕

사랑은
알 수 없는 이끌림으로 만나고
이슬처럼 적시다가
구름처럼 흩어지는 것

사랑은
깊어질수록 상처도 깊어지고
덧나지 않게 놓아 주는 것

사랑은
아픔도 용서하며 미련 없이
보내 주는 것

추억 깃든 갑사

맑은 계곡
시원한 물소리는 그대로이고
천년 그 자리 지키며
스친 인연 소원 들어준 당산나무
아래 두 손 비비며 절하던 그 모습도 어렴풋이

그대와 갔던 그 길
다시 찾아가 서 보니
스산한 바람 소리만 일렁거렸다

밤 하늘에게

비가 내리고 있어요
어둠을 뚫고 심장 끝에서부터
요동치는 빗방울 소리에
온몸 울리는 떨림

해 지고 달 뜨기를 얼마나 기다렸는지
밤하늘은 알고 있을 거예요
저 까맣고 넓은 캔버스에 그려진 반짝이는
마음을

어쩌지요
밤비가 그치지 않아요
하루가 가고 또 하루가 가고 있어요

언제쯤 이 비가 그쳐
칠흙 같은 넓은 당신 가슴에
영롱하게 빛날 별 하나 그릴 수 있을까요

청량사의 겨울밤

어둠이 내렸습니다
하늘과 가까이
부처님 계신 곳이라 하여
무릉도원이라 생각하였습니다

잠시 머물다 가는 요사채 툇마루에 앉아
살아가는 것이 쉽지가 않다면
긴 한숨 내뱉어 보기도 하였습니다

그러다
처마 끝에 매달린 풍경 소리가
어두운 바람에 일렁거렸습니다
댕그랑 댕그랑

청량사의 밤하늘에는
사연 안은 수많은 별이
버티며 살아가겠다고 반짝이고 있었습니다

하늘

하늘은 비움이라
연둣빛 한껏 물오른 느티나무 아래
노신사 내뿜는 담배 연기에서도
덧없는 인생 느끼고

하늘은 믿음이라
코발트색 가려진 뿌연 삶을 거둬 내고
이슬 머금은 빨간 장미 같은 빛으로
세상을 바라보고 있고

하늘은 또한 희망이라
상처 입어 바람에 일렁이는 아픔에 괴로워하지만
그래도 언제나 올려다볼 수 있는 희망이기에
어김없이 오늘도 살아간다

구름아

어쩜
너무 티나게 좋아했나 봐
시샘하다 속상했는지
눈물 흘리네

미안
많이 잘못했나 봐
봄꽃 피었다고
아이! 예뻐 꽃만 쳐다보고

봐봐
그만 토라지고 울지마
겨울 이겨 내고 핀 꽃 젖어
다 떨어지지 않게

실은
잠시 머물다 꽃비 날리며
곧 사라질 거야

그땐
너도 아쉬워 지금보다
더 많이 울지도 몰라

겨울 낙조

남산에서 널 만났다
혼자만의 시간 속에서
노을도
따듯한 차 한잔도
이젠 소중한 추억일 뿐

단지
시간 앞에서는 변하지 않는 것이 없고
색 발한 열쇠 채운 이 자리만큼은
오롯이 그대로라고 믿고 싶을 뿐

雨

네가 좋다
무색의 촉촉한 그리움이라 할까
마치 N극 S극 끌어당김에
속절없이 젖고 말았다

정말 한순간이었다
흩날리는 꽃비에도 미동도 없었던
무딘 마음 열지 못했었는데

넌
내리는 그 순간
오감 자극해 오랜 연인처럼
살포시 미소 짓게 했다

너도 그랬을 것이다

마음에 계신 엄마

당신과 함께 왔었던 병원에 와 봤어요
나란히 앉았던 의자는 그대로 있는데

괜스레 그렁그렁
당신의 음성이 들렸어요

밥은 먹었니

세상에 계실 때는 정말 몰랐어요
당신 존재 그 자체가
버팀목이었다는 것을

삶이 버겁고 찾아갈 곳 없어
당신 흔적 따라 이곳에 온
이 마음이 그저 송구할 뿐이에요

비 오는 날엔

비 오는 날엔
더 많이 생각나는 너

우산은 쓰고 다니겠지
밥은 먹고 다니겠지
옷은 계절에 맞게 입고 다니겠지

어느덧
내 둥지 떠난 네게 혹여 짐 될까
핸드폰 만지작거리다 내려놓고

네 살기 바쁜데
오롯이 내 그리움

이내 비 내리는 창밖 보며
잘 살 거야

뜨거운 커피 후후 불며
어미 품만 알던
네 어릴 적 추억
그 시절을 마신다

無言

무거운 침묵
어둠 아래 어선이 물보라 일으키며 들어올 때
출렁이는 배의 그 흔들림이
내 마음에서 비롯되고 있다는 것을 알았다

소심스럽게 비켜 가는
몸속 허물어진 것들의 서글픈 울음소리
물새의 가녀린 다리로 받쳐
황폐한 것들 날려 버리고

살아간다는 것은… 해처럼 뜨겁게

야간열차에 무거운 몸을 실었다
까만 유리창 너머로 펼쳐진 지난날의 삶
시원한 캔 맥주 한 모금에 다 씻어 내어 버린다

열차는 같은 속도로 돌아보지 않고 달렸다
어두운 터널 지나 무채색의 현재가 기다리고 있었다
남은 캔맥주를 마저 마시며 앞으로 살아갈 미래는
초록빛만 무성하길 바랐다

살아간다는 것은
오늘은 채우고
내일은 비우는 것

어느새 열차는 새벽 품은 목적지에 도착했고
바다 찬 공기에 속절없이 바들바들 떠는 육신
바로 이런 것이 삶이겠지

하늘이 밝아 왔다
바다가 훤히 보이는 벤치에 앉았다
저 멀리 수평선을 품고 해가 솟아올랐다

바닷가 저 많은 사람
저들에게도 말할 수 없는 깊은 이별이 있겠지
그리고 해처럼 뜨거웠던 사랑도

가난한 사랑

싱그러운 바람 따라 걷는 남산
케이블카 지나는 소리에 잠시 하늘 바라보며
멀쑥한 젊은 남자의 미소

첫 만남일까
스칠 듯 잡지 못하는 헤매는 두 손
풋풋하게 설렘 향기 피어나고
마냥 걷는 연인

분꽃 같은 발그레한 엷은 미소 홀연히
날리는 그 모습 어여뻐 덩달아 즐거워진다

꼭 사랑의 언약 채우길

2022구상솟대문학상

구상솟대문학상은 1991년 『솟대문학』 창간과 함께 솟대문학상을 제정하여 운영하다가 원로시인이신 故 구상 선생님께서 솟대문학상 발전기금으로 2억 원을 기탁함에 따라 2005년 솟대문학상의 명칭을 '구상솟대문학상'으로 개칭하고, 매년 공모를 통해 1명의 시인을 선정하여 상패와 상금 300만 원이 주어지고 『솟대평론』과 『E美지』, 계간 『연인』에 수상작을 소개한다. 2021년 도서출판 연인M&B에서 구상솟대문학상 30주년 기념문집 「인·생·예·보」를 후원 출간했으며, 2022년 구상솟대문학상 수상자부터 시인의 문학 활동을 지원하기 위해 개인 시집 출간을 후원하고 있다.

수상작

심사평

당선 소감

친밀한 타인

눈을 떴다
온 우주에 손가락 하나
까딱할 수 없는
몸만 둥둥 떠 있다
유일하게 감각이 살아 있는
이 잔인한 귀도 눈을 뜬다

지금은
남의 손이 아니면
소변조차도 뽑아낼 수 없는 몸뚱아리

알람 소리에
감정 없는 기계적인 메마른 손길이
아랫도리에 관을 꽂는다

바우처 카드 720시간
늙은 여자가
친절하게 바코드를 찍는다

연명을 위해
얼마의 돈이 필요해서
소변 줄을 꽂아 주고 있을까

집 안 가득
소변 줄을 타고
아직 살아 있다는
존재의 냄새가 난다

생을 영위하고자 하는 절박함의 시 쓰기

맹문재
(안양대학교 국어국문학과 교수, 문학평론가)

2022년 구상솟대문학상 심사위원회는 설미희 시인이 응모한 10편의 작품 중에서 〈친밀한 타인〉을 수상작으로 선정했습니다. 이 작품의 미덕은 "남의 손 아니면/소변조차 뽑아낼 수 없는 몸뚱아리"를 가진 화자가 자신의 처지를 솔직하게 보여 준 용기에 있습니다.

"바우처 카드"를 찍는 "늙은 여자"를 바라보며 "연명을 위해/얼마의 돈이 필요해서 소변 줄을 꽂아 주고 있을까"라는 속마음을 드러낸 데서도 볼 수 있습니다. 활동보조인과의 관계가 일종의 계약관계라는 사실을 숨기지 않고 인정하면서, 그 토대 위에서 상대를 인간적으로 이해하고 고마움을 전하고 있는 것입니다.

장애인이 겪어야 하는 육체적인 고통이나 정신적인 고통은 이루 말할 수 없습니다. 그리하여 절망하고 원망하는 데 함몰되어 자신을 잃을 수 있습니다.

설미희 시인은 자신을 지키려고 "아직 살아 있다는" 자기 "존재의 냄새"를 적극적으로 맡고 있습니다. "포기가 아니라 아직 살아 보지 못한/희망을 꾹꾹 채워"《〈살아 있음에 시를 쓴다〉》 보려고 하는 것입니다.

이와 같은 차원에서 설미희 시인의 시 쓰기는 단순한 취미나 재능의 표현이 아니라 생을 영위하고자 하는 절박한 바람이면서 구체적인 행동입니다. 따라서 자신의 상황을 감수하고 "툴툴 털고 기어 보"《〈거북이〉》려고 하는 시인의 다짐과 실천은 우리에게 큰 감동을 주고 있습니다.

2022년 구상솟대문학상에는 59편의 작품이 응모했습니다. 매년 응모하는 작품들이 늘고 있어 기대와 기쁨이 큽니다. 함께해 주신 모든 시인께 감사의 인사를 드립니다.

이번 심사위원회는 유자효(한국시인협회장), 이승하(중앙대 교수), 맹문재(안양대 교수) 시인으로 구성했습니다.

잘 견디며 살아왔다고 신께서 주신 선물

설미희

'2022구상솟대문학상' 수상자라는 연락을 받고 한동안 시간이 멈춰 버렸습니다.

전, 제가 참 좋습니다.

뙤약볕에서도 미소 지으며 그늘을 찾아 쉴 수 있는 여유가 있어서 좋고, 꽃이 피면 꽃 피는 대로, 바람이 불면 바람 부는 대로 순응할 수 있어서 이 또한 감사합니다.

삶이란 누구에게나 평탄하지 않고, 좀 더 나은 인생길을 위해 선택의 순간을 해야 하듯이 저 역시 40대 이후 홀로서기를 하면서 경제적으로는 가난했지만, 마음만은 부자로 살고 싶어 문학이란 벗을 선택하고 의지하며 하얀 이면지에 한 글자 한 글자 희망을 새겨 보았습니다.

장애인자립생활센터에서 근무했을 때 오토바이 사고로 중도장애인이 된 이용자가 있었습니다.

늘 어두운 표정으로 불평불만만 늘어놓았고, 전 센터 직원으로 상담 기록지만 작성하는 상담가가 아닌 동료 장애인으로 다가가 꽉 막힌 그 마음을 열 때까지 기다리고 기다렸습니다.

몇 개월 후 제 진심이 통했던지 사무실에 스스로 찾아와 자립 생활에 대한 참고 서적도 읽고 사이버대학 사회복지과 입학 및 자신의 장애를 인정하고 받아들이는 힘겨운 모습을 지켜보면서 그의 마음이 어떨지, 그가 되어 시를 써 보았는데 그것이 바로 '친밀한 타인'입니다.

예순이 코앞인데도 간혹 '장애인이 아니 됐더라면—아기 때 좀 잘 돌봐 주지.' 허허 웃으며 하늘에 계신 어머니에게 볼멘 투정을 하기도 합니다.

그러나 장애 말고는 부모님의 좋은 유전자를 물려받은 것 같고, 포기하지 않고 잘 견디며 살아온 이 부족한 사람이 어여뻐 '신께서 선물로 주는 상(賞)이구나!' 하는 동화적인 생각도 했습니다. 저보다 훌륭한 작가님들이 받아야 할 상인데 턱없이 부족한 제가 이 귀한 '구상솟대문학상'을 받게 되어 영광이며 꿈을 꾸고 있는 것 같습니다.

배려와 사랑으로 보듬어 주고 지지하는 분들에게 감사를 표합니다. '구상솟대문학상'에 대한 자부심과 책임감을 가지며 선한 마음으로 배움을 멈추지 않고 정진하겠습니다.

감사합니다!